BUR

Biblioteca Universale Rizzoli

Federico Moccia

La passeggiata

BUR 24/7

Proprietà letteraria riservata
©2007 RCS Libri S.p.A., Milano

ISBN 978-88-17-01983-5

Prima edizione BUR 24/7 novembre 2007

Federico Moccia aderisce alla campagna "Scrittori per le foreste" lanciata da Greenpeace, e nessuna foresta è stata distrutta per produrre questo libro.

Questo libro è stampato su carta certificata FSC, che unisce fibre riciclate post-consumo a fibre vergini provenienti da buona gestione forestale e da fonti controllate.

Per conoscere il mondo BUR visita il sito **www.bur.eu**

A Pipolo, mio padre

La passeggiata

Saggio è quel padre che conosce il proprio figlio.

William Shakespeare

Ho chiesto di poterlo incontrare. E non so se questo accadrà. Sono tornato lì dove ho passato la mia infanzia. E aspetto. È mattina presto. Sulla sabbia che sa ancora di notte, leggere orme di gabbiani. Sono stati ad ascoltare il mare prima di me. E ora sono andati via. Guardo lontano e riconosco tutto ciò che mi ha fatto compagnia per molti anni. Non c'è nessuno sulla spiaggia. Su quella lunga spiaggia di tanto tempo fa. E di adesso. Il mare silenzioso e tranquillo sembra quasi un animale. È immobile, pronto ad attaccare. Ha un respiro lento che si interrompe ogni tanto come il leggero sbuffo di un uomo ubriaco che, dopo aver mangiato tanto, si è addormentato. Scendo i tre scalini. La sabbia è ancora fredda. Faccio qualche passo. Cancello alcune orme, piccole zampe a forma di «v» con una «i» centrale. E in un attimo sono dimenticate. Cancellate. Una fila ordinata di ombrelloni ancora chiusi. E laggiù, lontano, un bagnino ne sta aprendo qualcuno. Ancora più lontano, quella rotonda. Le docce sono chiuse. Il mare è calmo. Sono le otto e mezza. Non c'è nessuno sulla spiag-

La passeggiata

gia, tranne quel bagnino. Continua il suo lavoro tranquillo. Una dopo l'altra, sfila delle plastiche blu e apre gli ombrelloni. I suoi muscoli si disegnano ogni tanto con un movimento improvviso. E in quei momenti risplendono sani, prendendo la luce del mattino ancora fresca, serena, silenziosa, di una giornata che sta per iniziare, che porterà curiosità e incontri. E una passeggiata. Forse. Oppure niente. Solo il rumore delle onde. Più tardi, però, perché adesso il mare ancora dorme. Barche lontane. Qualche vela aperta risalta rossa del suo colore sul filo di quell'orizzonte deciso. Mare. Mare d'amare.

Per niente invecchiato, lui. Mare

della mia giovinezza, delle mie prime indecisioni in amore. Di paure e divertimento e crescita. Anzio, sono ad Anzio. E così comincio a camminare lungo il bagnasciuga.

Ecco. Il grande animale si è appena svegliato, si sta stirando. Piccole onde lente, silenziose, forse anche un po' timorose, provano a salire sulla spiaggia. Si distendono morbide. Colorano di scuro la sabbia ancora asciutta. E poi disegnano contorni, piccoli paesi, strane geografie di fantasia. E tornano improvvisamente indietro, indecise persino di quel semplice passo. Così breve. Così corto. Così leggero. Così delicatamente educato. Come a dire: «Ehi, ci sono anch'io...».

La passeggiata

Sorrido. Certo, lo so. Tu non manchi mai. Tu ci hai vissuto, ci hai osservato da lontano. E chissà quante altre cose ancora conoscerai. Tu e altri dopo di noi. E io, mare, ti invidio. Ma subito mi riconquisti. Come sempre. Il mare è tutto intorno. È tanto. È tutto. È infinito. E non c'è bisogno di quelle piccole onde che ogni tanto si rompono per sapere della sua presenza. Lo si sente nel respiro, nell'aria, in quel riflesso di sole che improvvisamente catturato scorre sulle onde lontane perdendosi laggiù, nell'orizzonte. Il mare è testimone, è spettatore, è un amico curioso, ma educato. Il mare mi ha sempre fatto compagnia, e spesso ho scelto di averlo accanto.

Federico Moccia

Come in questo incontro. Per il quale ho pregato. A lungo. In silenzio. Ho chiesto di avere ancora un po' di tempo per me, per lui, sì insomma, un attimo ancora per noi. E già so che comunque non ci basterà. E non sono certo di poterlo avere, di vedere esaudito il mio sogno impossibile. Sono andato oltre quello che ci è dato modo di chiedere, di ottenere, di poter semplicemente avere. Non è come quei tanti desideri di vita che si possono faticosamente conquistare. È un sogno impossibile. È vero. Ma se non lo fosse, a cosa servono le preghiere?

Mi siedo su un pattino. Uno di quelli moderni, tutto fatto di resina. Freddo e triste, come sono le cose di oggi.

La passeggiata

Prive di anima, d'amore, della fatica di un uomo, di quell'artigiano, quel lavoratore che comunque ci abbia lavorato. E a lungo. Piallando, sudando, scegliendo le curve e i colori, vedendo sul più bello quella goccia di sudore che lascia la sua fronte per cadere nel vuoto e improvvisamente siglare, con quel semplice volo, quell'antico pattino, e l'importanza, l'onestà del suo lungo lavoro. Così mi siedo sul pattino, e come per incanto quella fredda plastica si colora di rosso. E trovo quelle antiche lettere bianche in stampatello, leggermente sfumate: le leggo e sorrido alla parola «salvataggio». E i remi ora sono rossi come tutto lo scafo, improvvisamente di legno laccato, di un rosso

Federico Moccia

scrostato. E quelle piccole grate ai piedi del sedile sono fissate con dei chiodi precisi, impeccabili. Così mi ci siedo, ci appoggio le gambe, mi allungo, prendo i remi e provo a remare a vuoto, sospeso su quegli alti cavalletti, sopra la sabbia, a un passo dal mare. Gli scalmi sono di vecchio ottone, perfettamente oliati, smaltati, dalle punte arrotondate così da non poter ferire nessuno, neanche per sbaglio. E vado su e giù con quei remi che si muovono leggeri. Poi, accorgendomi di quanto sono sciocco, li ritiro in barca. O meglio, sul pattino. E li incrocio all'interno, poggiandoli lentamente sulle punte, incastrandoli in fondo, sotto quel tondo pomello.

La passeggiata

E rimango così, a fissare il mare lontano, quello stesso mare che mi ha fatto compagnia per molti anni. E che ora mi manca. Come molte altre cose, del resto. Come la voglia di avere ancora sogni e incertezze, e paure e indecisioni ed entusiasmo. E non sentirmi tradito. Nei miei ideali, nel mio fisico, nel mondo che mi circonda. Nelle attese, nella speranza che qualcuno mi sorprenda. Ecco, io vorrei di nuovo rimanere stupito e incantato, come un tempo, scoprendo qualcosa che mi lasci senza parole, qualcosa che io non avrei mai potuto immaginare. Ma non è così. Non più. E da troppo tempo.

Un gabbiano annoiato passa poco più in là senza cantare. E mi priva del-

Federico Moccia

l'abitudine a quel verso, di cui resto in attesa rapito. Continuo a guardarlo, a seguirlo nel volo. E aspetto deluso il suo canto. Quel verso che tante volte da ragazzino ho provato a imitare. E allora lui, quasi sentendosi addosso il mio ricordo nostalgico, improvvisamente mi accontenta. Così libera la sua voce. E urla felice al cielo e si libera di me, sbattendo le ali. E vola più in alto, più forte, come svegliato. E libero e folle in quel cielo incantato, di nuvole e stelle nascoste, e vento leggero e risacca di mare ed eco di onda. E il suo grido lo porta lontano. Felice.

Quanto tempo è che io non sono più felice? Per esserlo ho puntato in alto. Ho chiesto ciò che non mi è di

La passeggiata

certo possibile ottenere. Non da solo. Non umanamente pensando. E quasi mortificato mi piego su me stesso e rivolgo lo sguardo a terra, oltre il pattino, su quella sabbia che ora mi sembra sporca tanto è stato grande il mio disperato e assurdo tentativo di richiesta. Eppure credere è bello. Dà forza, non mette limiti né confini, ci permette di vivere questa vita credendoci capaci sul serio di arrivare fino in fondo. E così alzo lo sguardo. Improvvisamente scompare la vergogna e mi sembra che ci sia più sole su quel mare. E mi trovo ragazzino, in costume. O, se non altro, più giovane, forse per colpa di quella strana improvvisa felicità. Perché lo vedo, è lì.

Eccolo. Mio padre. Arriva da lontano, come sempre. Più bello di sempre. Più giovane, più rilassato, più tranquillo. Più sorridente.

Lo vedo arrivare da laggiù, dalla spiaggia dei Marinaretti. Ha il borsello di un tempo, di un cuoio caldo, quasi rossiccio. Lo tiene fiero sotto il braccio, lasciando nella mano la parte finale, che lo assicura a sé con tutti i suoi beni. Sorride. E sembra più giovane. E mi guarda con quegli occhi che non posso dimenticare, che vedo forse ogni mattina allo specchio, ma che oggi si commuovono. I miei? I suoi? Non so. È così giovane. Come non l'ho mai potuto conoscere. Forse perché allora non c'ero. Non aveva an-

La passeggiata

cora preso la decisione di farmi questo grande regalo.

«Ciao.»

Mi sorride, e poi mi poggia la mano sulla testa come ha sempre fatto, anche quando sapeva che mi dava fastidio, ma lo faceva con tale amore che quasi si confondeva. Ogni volta cercavo di fuggire, io giovane piccolo ribelle, cercavo di sottrarmi a quel gesto così semplice, così spensieratamente allegro di chi mi ha generato. Così come quando voleva farmi delle foto. Ci teneva molto e io sbuffavo. Non amavo fermarmi, mettermi in posa. Allora.

Scendo dal pattino e cominciamo a camminare. Non capisco. Chissà se anch'io sono diventato più giovane. Quel ragazzino che ero. Una cosa è sicura: gli darei il tempo di farmi tutte le foto che vuole. Ma non è il momento. Non più. Lo guardo e mi sorride. Ha le mani grandi di sempre e quel costume largo e lungo che portava giù, più giù, fino a coprire le gambe magre, fino a farne affacciare solo le ginocchia sottili. E così è, anche adesso che cammina accanto a me, che allunga il passo e si piega su quelle gambe come ha sempre fatto. Come continua a fare.

«Senti, ma lì è...?»

«Shhh...»

Porta il dito al naso e sorride. Poi scuote la testa. Deve aver promesso di

La passeggiata

non dire niente. E io alzo le spalle. E sbuffo. Perché vorrei tanto sapere. Ma non è possibile. E lui manterrà la sua promessa.

È sempre stato onesto. E tante altre cose ancora che mi vengono in mente e mi fanno sorridere. E che quasi mi imbarazzo sapendo già da adesso che non riuscirò a eguagliarle. Continuo a camminare accanto a lui.

«Buongiorno, ma che piacere rivederla» il bagnino sorride e lo saluta. Non è più quello di prima. È il bagnino di allora, con le braccia più forti. È basso, ha i capelli a spazzola e un bel sorriso.

«Salve Walter...»

Si riconoscono, parlano sommessi

Federico Moccia

di qualcosa, poi si danno la mano. E il bagnino torna al suo lavoro. È già abbronzato. Ha la pelle scura, bruciata e asciugata dal mare, dal vento, dal sole. Si siede al tavolino in legno e si poggia alla poltrona con la tela blu e una scritta bianca, «Stabilimento». Tira fuori da una sacca un grosso recipiente pieno di pasta. Fusilli pomodoro e melanzane. E c'è anche dell'uovo lì in mezzo. Comincia a mangiare quello strano timballo, senza fretta, ma con grossi bocconi. E noi siamo lì, a guardarlo, mentre mangia soddisfatto. E alla fine non è ancora sazio di tutta quella roba. Ogni tanto guarda il mare e socchiude gli occhi e guarda lontano, sereno, tranquillo. Non c'è gente,

La passeggiata

non può accadere nulla, ma lui comunque vigila, controlla. Poi Walter il bagnino sorride, annuisce con la testa, quando ci vede improvvisamente uscire su quel Vaurien che mi aveva regalato tanto tempo fa proprio lui, mio padre.

«Ma sei sicuro che non ci succeda niente?»

Spingo veloce la barca, mentre le vele sbattono al vento.

«Ma papà, lo sai che ho fatto il corso...»

«Allora vengo, ma prima ci infiliamo i salvagente...»

E facciamo così perché non voglio discutere, perché non ne ho voglia e il vento si sta alzando e il mare è un po' mosso e dopo un'ultima spinta salgo in corsa e quasi scivolo all'interno della barca, su quella plastica dura leggermente zigrinata, ma troppo poco per potermi frenare. Ma poi, agile e snello, punto subito il piede e il braccio: non cado e colgo al volo quella cima che sembra scappare e la fermo. È mia prima che si sfili del tutto da quel piccolo passante d'acciaio. La fermo nel vento, a mezz'aria e comincio a cazzare il fiocco e la barca prende il vento e si piega. Recupero il timone, orzo un po' e voliamo via così, spediti sulle onde, prendendo il largo.

Fiuuu... Il mio Vaurien scivola su quel blu. Mio padre si è già infilato il giubbotto, è a cavalcioni in mezzo alla

La passeggiata

barca. Mi guarda, io gli sorrido mentre prendo la deriva e la spingo giù nello scafo. Do un ultimo colpo con forza su quella tavoletta di legno mentre richiamo a me il boma. Lui mi guarda.

«Mettiti anche tu il giubbotto.»

Sorrido e decido di ubbidire. Tengo le due cime come posso con un piede, e con l'altra mano, e perfino poggiandoci sopra il ginocchio. Ci riesco. E mentre fiocco e randa prendono vento, mi infilo il giubbotto. Poi mi siedo e cazzo ancora di più le cime. E continuiamo così verso il largo.

I suoi occhi sono sereni, non ha paura ora. Già, che sciocco: non ha più niente di cui avere paura adesso.

Federico Moccia

Con lo sguardo rincorre il filo dell'orizzonte. Chissà a cosa pensa. I suoi capelli si perdono nel vento e ballano e si agitano insieme a chissà quali pensieri. E io sono felice di vederlo così sereno. Di vederlo finalmente riposato dopo tutto il gran lavoro che ha fatto. E lo guardo fiero, con la sua bella schiena, di nuovo forte e asciutta. Come quel ragazzo che non ho mai avuto modo di conoscere, ma solo immaginato attraverso i suoi mille racconti. E così finalmente lo vedo bene per la prima volta. È magro, divertito, monello, figlio di un'altra inutile guerra. Ecco. Ecco lui che scappa, dopo aver rotto con un sasso il fanalino della macchina dei carabinieri, quelle

La passeggiata

vecchie camionette di un tempo. L'ha
fatto per dare un pezzo di vetro rosso
a sua sorella che ne faceva collezione.
Che sciocca collezione! Di vetri, dai
colori più diversi, dai fanalini ai fari e
bottiglie e chissà quanto altro ancora.
Ma era sua sorella. E l'amava. Oh, se
l'amava! Le sue parole, i suoi racconti
grondavano d'amore per lei. E strade
giovani e pulite di quella Roma priva
di macchine, se non per pochi ricchi,
quelli veri e onesti, come non se ne
fanno più. E mi sembra di vederli ora
quei due bambini che passeggiano,
che tornano da una scuola, che sorri-
dono in bianco e nero, che portano le
cinture larghe, di pelle spessa, rovina-
ta, e dei calzettoni che scendono giù

Federico Moccia

facilmente e scoprono quei polpacci magri, bianchi, e più in fondo quei mocassini solidi e unici, perché allora poi non c'era tanta possibilità di scelta.

La barca fila via veloce, il mare è di un azzurro intenso, e qualche riflesso di un tiepido sole ci accarezza le spalle, insieme al vento che, fresco, sembra sorridere. Le sue mani grandi sono strette sul bordo dello scafo. Si tiene fermo, sicuro, deciso, così come è sempre stato per me. Come quel grande scafo al quale attaccarsi, per imparare a navigare. Fra le correnti più difficili, tra gioie e inganni, tra delusioni e sogni, i primi passi, i primi bivi, le prime scorciatoie, qualche errore. E le prime scoperte, e sorprese e felicità.

La passeggiata

Quella comoda felicità possibile solo quando si è ancora bambini. Sorrido al mio ricordo di allora. Ecco, come quell'inutile remora che si affida allo squalo, al suo ventre piatto e sta lì, nascosta, per non faticare. Ma, a un tratto, io mi sono staccato come un paracadutista che rompe la stella, per provare a volare da solo. E che, in silenzio, assapora la caduta libera in solitudine. Come quelle astronavi nello spazio, che prima di atterrare su di un nuovo pianeta, improvvisamente staccano una parte dell'abitacolo.

Una si perde nello spazio, l'altra atterra lentamente, pronta a scoprire chissà quali nuove meraviglie.

La barca continua ad andare. Ecco.

Federico Moccia

Ora siamo in linea con il porto, guardo lontano. Gente passeggia sulle banchine. Piccole imbarcazioni dondolano semiaddormentate. Si poggiano una all'altra, delicatamente spinte dai morbidi galleggianti. Rimbalzano allegre, cullate da una leggera onda di troppo, causata da una piccola barca che rientra nel porto.

E più in là Mennella, e i suoi buoni gelati: stracciatella, pistacchio e panna – quando si è piccoli, quando ti piace anche solo il nome dei gusti, e poi comunque sono dolci. Il ricordo di quelle passeggiate e bancarelle inutili, dove noi giovani bambini trovavamo comunque sempre qualcosa da desiderare, qualcosa da chiedere, qualcosa

La passeggiata

che comunque avremmo voluto ci venisse comprata.

Ancora più in là, la pescheria e la puzza di pesce, e quello fresco che ancora si dibatte in piccole cassette di polistirolo e degli strani vecchi ventilatori attaccati al soffitto, con delle specie di strisce rosa, che sembrano carta igienica, che dovrebbero allontanare le mosche e sembra quasi invece che loro le prendano come una buffa giostra.

Mio padre ci teneva per mano, con quelle mani grandi, lui così alto, così fiero, così nobile con chissà quanti pensieri che noi non riuscivamo ancora a cogliere da laggiù, dal nostro piccolo mondo. Ma ora... Ora è di nuovo qui. Vicino a me. Sono sottovento e

Federico Moccia

sento il suo profumo leggero di dopo-
barba, quello di sempre, quello che
mi manca così tanto e che mi faceva
sentire così piccolo, con così tante cose ancora da fare e la voglia di cresce-
re e di sorprenderlo e di diventare uomo come lui...

Improvvisamente si gira, mi guarda
e sembra leggermi nel pensiero. Non
dice niente e nei suoi occhi c'è un ve-
lato desiderio, una leggera nostalgia,
un mezzo sorriso, un entusiasmo ap-
pannato, forse una cosa che vorrebbe
tanto dire, ma non può. E io resto così a fissarlo, e anch'io vorrei dirgli tante cose, ma non ci riesco, rimango in
silenzio e mi sento tornato bambino,
uno di quelli che si vergognano, un

La passeggiata

bambino che improvvisamente si appoggia al muro, scuote la testa e resta in silenzio. Come facevo da piccolo. Forse perché allora non sapevo ancora bene cosa desiderare. E mi rivedo nei suoi filmetti, quando attraversavo traballante la casa poggiandomi al muro, e poi alle finestre e alla fine mi lanciavo per un breve tratto senza appoggi, fino a raggiungere la sedia più vicina o una pianta: ed era un sospiro, ed era una vittoria. E lui sicuramente dietro quella vecchia e rumorosa cinepresa superotto avrà sorriso. E poi un'altra casa e un altro film, e un altro ancora. E io che mi vedo in tutto quello che forse non avrei potuto da solo ricordare... un gioco, una gara in un'impor-

Federico Moccia

tante villa bianca, Villa Annamaria, con un grande giardino e tanti parenti. Una tenda indiana e alla fine di un improvvisato musichiere io che salto lanciando le braccia al cielo e festeggio, piccolo giovane indiano che si lancia in una danza della felicità, sotto gli occhi divertiti di una bellissima donna, dal vestito bianco pieno di piccoli specchietti intorno al collo e in vita e sui giri delle maniche corte. Con i capelli che arrivano alle spalle, una cartellina in mano con tante semplici domande. Chiude gli occhi quella donna, e si nasconde per sorridere. Sì, lo fa di nascosto perché ho vinto proprio io. Perché sono suo figlio. E vorrei dire tante altre cose ancora su di

La passeggiata

lei, ma è di una tale bellezza che non si può raccontare. Bambina, ragazza, madre... una donna elegante, a volte silenziosa. Ricordo in particolare il sorriso di quel filmato che, oltre alla mia piccola vittoria, parlava d'amore. Per me, per lui, per le mie sorelle, per tutto quello che avevano la fortuna di vivere e di far vivere e che ancora a lungo sarebbe durato. E ancora oggi non dimentico nulla di quello che è stato. E durante gli anni, in mille momenti e man mano che crescevo me lo domandavo: sarò in qualche modo capace di sdebitarmi di tutto quello che ho ricevuto? Di quelle tante attenzioni e amore e sacrifici e pazienza? Non c'è nessuna straordinaria bilancia che

Federico Moccia

può dare un peso a tutto questo. Ma il vero amore non prevede né crediti né debiti.

Lo guardo. E i suoi occhi si chiudono una volta, come a dire: «Sì, è proprio così». E allora sorrido anch'io e mi sento un po' più sollevato. D'altronde anche questo me lo ha insegnato lui.

La barca si piega. Una folata di vento più forte. Lo guardo.

«Sei pronto? Viriamo...»

Orzo tutto e lascio andare la randa, e lui agile e veloce abbassa la testa, mentre la barca gira su se stessa e si piega. Rimaniamo immobili al centro, mentre il boma passa sopra le nostre teste. E non ci sbilanciamo, non ci

La passeggiata

muoviamo, non abbiamo fretta. Ci guardiamo e sorridiamo. Non come quella volta che, precipitosi, ci siamo lanciati dall'altra parte della virata e la barca si è capovolta. E siamo rimasti in acqua per ore. E quella volta si è arrabbiato.

«Ma non riesci a rigirarla?»

«No... Avevo la febbre e ho mancato l'ultima lezione di vela, quella dove spiegavano come si rigira una barca se si rovescia.»

Scuote la testa. E un po' preoccupato si guarda in giro. Non ci sono barche. E non ne passano. E non sembrano averne voglia. E il mare un po' si è alzato. E le creste delle onde si rompono, quasi friggono, spezzate da for-

Federico Moccia

ti folate di vento. Ma lui, alla fine, non
sembra preoccupato, o almeno non lo
dà a vedere. Sa che non può permet-
terselo. Non con un figlio ancora così
giovane e sprovveduto. Quel giorno,
siamo stati a mollo almeno sei ore, ed
è venuto a riprenderci proprio Walter,
il bagnino. E quando ci ha visti arrivare a riva con la barca trainata, ancora
mezza piena d'acqua, mamma ha scos-
so la testa. E poi un sospiro, un po'
più sollevata. Ironica, Cornelia, si è la-
sciata persino scappare: «Ecco, questi
sono i miei pulcini... bagnati!».

Comunque poi è stata gloria come
tutte quelle disavventure che finisco-
no bene, quelle che diventano solo
un bel ricordo da poter ingrandire

La passeggiata

un po' e poterlo raccontare quando serve.

Torniamo verso terra. Questa volta fila tutto liscio. È stato uno di quegli errori che servono per fare esperienza, non per essere ripetuti, come invece a volte accade. È anche vero che un errore piace sempre più di un rimpianto.

In un attimo siamo a riva e ci leviamo via i giubbotti salvagente e li buttiamo dentro la barca e poi la tiriamo a riva con forza, puntando i piedi a terra. La alziamo un po' e mettiamo subito sotto la prua un rullo, e poi un altro, e la barca scivola via finendo al suo posto, parcheggiata su due grossi cavalletti in legno.

«Ecco fatto!»

Federico Moccia

Sbattiamo le mani una contro l'altra levandoci di dosso un po' di sabbia. Ci guardiamo stanchi, sorridendo. Poi al volo sotto la doccia fresca, anche un po' fredda, che balla nel vento. E ci spostiamo cercando di centrare il getto. E lì sotto, via il salato, via il sudore, a occhi chiusi sentiamo quell'acqua portare via con sé tutta quella sana fatica. Poi ci asciughiamo veloci con un paio di asciugamani che Walter ci ha lasciati appoggiati al pattino. Sono un po' stinti, vecchi, consumati, ma in quel pallido calore sanno di pulito, di profumato, di buono.

Cominciamo a camminare verso la rotonda. Lì, dove giovanissimo ho partecipato come comparsa al film *Telefo-*

ni bianchi, di Dino Risi. Stupido e stupito, dentro un costume da bagno intero di lana, leggermente intontito, faticosamente cercavo di far bene una scena. Sbagliando, sudando, guardando ogni tanto in macchina. E quando gliel'ho raccontato: «Non ci credo. Quando incontro Dino dovrò scusarmi con lui... Che figura mi fai fare!».

Ma poi sorrideva. Come se anche tutto quel cinema fosse qualcosa che resta sì, ma non è tutto. È parte della vita, è passione, è divertimento. Ma noi, noi eravamo il suo film più bello. E ora è di nuovo davanti a me. Mi precede spedito e non suda e non fatica. Sempre agile, come nelle mille passeggiate che amava fare, e sempre era

Federico Moccia

portatore divertito di un nuovo spunto, un'osservazione, qualcosa che lo aveva colpito e che aveva voglia di far vivere anche a te. Curiosi, ci divertivamo anche allora.

Quattro scalini e siamo alla rotonda.

«Andiamo, dài, muoviti!»

È lì. Mi aspetta in cima alla scala. Ha i capelli scuri e un sorriso sicuro. E io salgo, tenendomi per il corrimano blu.

«Ma papà... abbiamo camminato un sacco!»

«Fa bene camminare...»

«Ma io sono stanco... Ho giocato stamattina anche a tennis a Villa Borghese. E alle nove!»

Lo dico forte per sottolineare il fatto

La passeggiata

che in vacanza non ci si alza mai presto. Ma lui sorride e sembra non farci
caso, non la vuole cogliere forse.

«Hai giocato bene?»

«Ho fatto delle volèe incredibili...»

«E cosa sono le volèe?»

E do la mia interpretazione, e lui la
sua. E non siamo d'accordo. E divertiti cominciamo a discutere su una defi-
nizione che in realtà non sappiamo
bene, nessuno dei due. E alla fine lui
vede un tipo assurdo, seduto per terra, con la barba lunga, le gambe incro-
ciate e una birra stappata e mezza fi-
nita ai piedi e un giubbotto liso di
jeans, stinto come quei capelli ricci tra
i quali appare qualche sbuffo di bianco. E mio padre decide di rivolgersi a

Federico Moccia

lui per dirimere il nostro sciocco certamen lessicale.

«Mi scusi, che cos'è una volèe?»

Il tipo ci guarda incuriosito. E io penso: «Ma ti pare che lo va a chiedere a questo qua? Non avrà mai giocato a tennis, non avrà i soldi per fare altro se non cercare di sopravvivere». E tanti altri pensieri che ora non ricordo bene. Ma il tipo, invece, quello non me lo dimentico più. Ci pensa solo qualche secondo. Poi apre il viso sereno in un largo sorriso: «La volèe è un colpo di tennis, può essere incrociata o dritta. Si tende a chiudere con un semplice movimento secco, un colpo di difficile esecuzione...».

«Grazie.»

La passeggiata

E ci allontaniamo in silenzio. Lui sorride: «Vedi, è più vicino alla mia spiegazione!».

Ma non era poi così importante. Ciò che non dimentico di quel giorno è che in quello che faceva non c'era mai la possibilità di scorgere un noioso insegnamento. Lo faceva e basta. Poi eri tu a deciderne l'interpretazione. Come in quel caso: «Tutti possono saperne più di te». Oppure: «Non giudicare chi non conosci». O: «L'uomo ti può sempre sorprendere, nel bene o nel male». O anche: «Essere poveri non vuol dire rinunciare alla propria dignità». «Una persona povera può saperne lo stesso più di te». O semplicemente... «Hai visto? Avevo ragione io.»

Federico Moccia

Comunque, in un modo o nell'altro ti insegnava sempre qualcosa senza fartelo pesare. E ti stupiva.

Oggi non c'è nessuno alla rotonda. Così beviamo qualcosa e restiamo un po' in silenzio a guardare il mare. Lontano delle barche a vela hanno aperto qualche spin. Grandi sbuffi di colore si alzano da quelle barche e danzano nel vento prima di essere recuperati e imbrigliati per tutto quello che in realtà dovranno fare.

Decidiamo di tornare e portiamo un caffè per il bagnino.

«È stato così gentile con noi che mi fa piacere...»

Lo porta lui. Lo tiene con la mano ferma e ci ha messo su un piccolo co-

La passeggiata

perchio perché il vento non freddi quel caffè. Nell'altra ha un po' di zucchero e un bastoncino per mescolarlo.

È vero, comunque. È sempre stato gentile quel bagnino. Ci faceva ridere e svolgeva bene il suo lavoro e ci trattava tutti come suoi nipoti, severo al punto giusto, ma anche con la voglia di giocare. E, mentre torniamo, sono lì che corro, ancora più giovane. Fuggo tra le barche inseguito da Walter il bagnino e dai suoi rimproveri per aver tirato troppe meduse a riva e averci giocato con un bastone, spezzettandole. E, dopo qualche metro, sono invece improvvisamente cresciuto. Ho i capelli più lunghi e porto un po' di birre e caffè caldi e qualche bitter e al-

Federico Moccia

cuni campari su un grosso vassoio.
Ero il giovane cameriere di quel gruppo di amici di mio padre. Andare alla
rotonda a prendere il caffè del dopo
pranzo per loro, mi dava il diritto a un
cremino o un piper o un gelato alla
cola se non li avevano già finiti, oppure a un arcobaleno, se proprio ero for-
tunato. E così ci andavo volentieri e
non erano pochi gli altri figli di amici
che cercavano di soffiarmi quel privi-
legio. E ogni tanto mi facevo accom-
pagnare. E tornavamo come se avessi-
mo fatto la spesa. Ed erano tutti lì: av-
vocati, notai, commercialisti, medici...
stesi su quei lettini con le loro mogli.
Che sorridevano e chiacchieravano e
raccontavano barzellette e i nuovi ac-

La passeggiata

quisti della loro amata squadra di calcio e si facevano scherzi pure loro. Si tiravano secchiate d'acqua di mare e subito il colpevole scappava via giustificando la ragione di quel gesto, quasi sempre una perdita a carte della sera prima, o qualcos'altro che però sapevano solo loro.

E poi quella bellissima donna. Di un altro gruppo di amici, della stessa età e simpatici, anche loro. Alta, bruna, con la vita stretta e i capelli ricci e mossi che le scendevano sulle spalle e un sorriso bellissimo, e un seno grande e quegli occhi scuri e profondi. Aveva sempre dei costumi colorati e mi piaceva moltissimo. Non come mia madre, certo. Ma bella in maniera di-

Federico Moccia

versa. Non so perché avevo sempre piacere di incontrarla e di salutarla. E ora non mi ricordo bene, ma mi sa che facevo spesso un giro apposta per capitare dove lei aveva il lettino. E lei mi sorrideva sempre, ma non sono mai riuscito a dirle qualcosa di più. Che poi non so neanche cosa avrei potuto dirle...

«A cosa stai pensando?»

«Oh, a niente...»

Sorrido, leggermente imbarazzato. Lui sorride. Che sciocco, forse lo sa. Consegniamo il caffè e continuiamo a camminare. Andiamo giù, ancora più giù, verso i moletti. Primo. Secondo. Terzo moletto. Lì dove ho pescato il primo polpo con una retina. L'ho pre-

La passeggiata

so alle otto di sera e mio nonno l'ha sbattuto su quegli stessi scogli e l'ha cucinato subito per cena. Ne parliamo e se ne ricorda anche lui. Eravamo in affitto in una villa di amici, proprio di fronte a quel moletto. La sera, quando c'era un po' di luna, facevo sempre una camminata tra quegli scogli. E i miei genitori mi lasciavano andare, perché anche se ero piccolo, mi potevano controllare da casa. E io mi sporgevo senza farmi vedere troppo e guardavo giù i pesci più diversi e il loro lento navigare notturno e tutti quei riflessi della luna che si specchiavano ogni tanto sulle loro pance d'argento. Ecco. Sta arrivando il tramonto.

«Cosa c'è che non va?»

Federico Moccia

Mi guarda serio ora, con un sorriso dispiaciuto, ma sereno. E io per un po' resto in silenzio. Poi decido di aprirmi, di parlargli.

«Mi sento tradito dalla vita. Non doveva fare così. Non così. Non senza darmene il tempo... per te, per noi, per poterti ancora parlare...»

Lui sorride e mi poggia la mano sulla spalla.

«Cos'altro volevi dirmi? Non c'è bisogno sempre di parlare per dire qualcosa. E tu mi hai detto tante cose...»

«Sì, lo so. Ma vorrei non avere dubbi.»

Lui allora chiude gli occhi come a dire «hai ragione», e mi lascia parlare. E io finalmente riesco a dirgli tutto,

La passeggiata

cioè tanto, e tanto altro ancora. Tutto quello che avrei sempre voluto dirgli e che, non so perché, non ho mai fatto. E lo faccio con foga, con passione, mischiando un po' di tutto, cercando di non perdere niente. Ecco, è come quando hai passato una bella serata in compagnia di un amico, hai parlato di molte cose e magari ce n'è stata una sulla quale tutti e due vi siete bloccati, un nome che non veniva proprio in mente a nessuno dei due, eppure lo avete sempre saputo. Ma non hai più tempo, devi tornare a casa. E proprio mentre stai rientrando, improvvisamente ti viene in mente. E allora vorresti subito chiamare quel tuo amico e dirgli: «Ehi, ma lo sai che me lo sono

Federico Moccia

ricordato!». E dici il nome di quella canzone o di quell'attore o di quel film o di quel libro che vorresti tanto che lui leggesse...

Ecco, insomma, va un po' così. E continuo a parlare, di come a volte sono stato incapace di accettare il tempo che stava passando, di quel tempo che si rubava, traditore, pezzi che avrei voluto ancora vivere con quella stessa lucidità, con quella battuta, quell'ironia, quel saper spaziare in tutte le direzioni che tanto gli avevo sempre invidiato. E mi ricordo che ne abbiamo discusso a volte. Io troppo giovane allora, con la voglia di cambiare il mondo e anche alcuni dei suoi amici e comunque tutti

La passeggiata

quelli che per me non andavano, che avevano accettato compromessi o si erano arresi, che non sorridevano più. Anche allora lui aveva sorriso, accettando la mia ribellione giovanile come il naturale scotto, il passaggio obbligato per quello stretto di vita, quel mare in tempesta tra padre e figlio. Quei giorni di scontro malgrado il loro inevitabile amore e che saranno sempre motivo di rimpianto. Ma lui lo sapeva allora. E anche oggi mi sorride. Oggi che ci è stata regalata questa passeggiata. E mi accarezza di nuovo la testa. E mi si avvicina e mi stringe a sé e mi dice cose all'orecchio. Una dopo l'altra, con quella sua sicurezza... Ma come glie-

Federico Moccia

la invidio. Mi dice delle cose belle, ma di un bello... che non riesco a dirle per quanto sono belle e per come già so che le rovinerei. E allora mi metto a piangere. A lungo. Ma non mi sento in difficoltà. Poi faccio un sospiro e mi sembra che mi sono liberato da un sacco di cose e mi sento meglio.

E lui aspetta che questo momento passi, che tutto sia di nuovo a posto, che ritorni quello sciocco sano e composto equilibrio che ci accompagna sempre agli occhi del mondo.

Poi si alza e guarda verso il mare.

«Il sole sta tramontando anche oggi...»

E mi guarda.

La passeggiata

«...E questo continuerà ad accadere.»

Mi dà la mano, e io la stringo forte. E vorrei non lasciarlo andare via. Ma so che mi è già stato fatto un grande regalo, che lo metterei in difficoltà, che sarei un maleducato. E allora lascio andare quella grande mano, calda e protettiva. La libero così... E chiudo gli occhi. Quando li riapro, lui è già lontano.

Cammina lentamente sulla spiaggia. E io resto lì, sul molo, a fissarlo. E vorrei tanto che si girasse indietro, che mi potesse fare ancora un saluto. Ma sarebbe solo un altro semplice dolore, perché non finirà mai la voglia di averlo ancora vicino, di fare un'altra passeggiata, e poi ancora un'altra, come due semplici buoni amici che par-

Federico Moccia

lano di sogni, di dubbi e di decisioni da prendere.

Lo vedo salire sugli scogli. Si arrampica agile e gira la punta e continua a camminare veloce verso i Marinaretti. Lo vedo sparire all'orizzonte, in un caldo sole rosso alla fine di quel lungo molo.

Sorrido. E mi rimane la voglia di quel buon consiglio che, da uno come lui, vorresti sempre avere.

Finito di stampare nel novembre 2007 presso
GRAFICA VENETA s.p.a.- via Padova, 2 - Trebaseleghe (PD)
Printed in Italy

RCS Libri

ISBN 978-88-17-01983-5